KB145655

당신을 존중합니다

박기훈 지음

●

시집을 내면서

2013년 5월 하나님을 확신하고 7년째를 맞이하고 있
다. 그 이후로도 수없이 넘어졌지만 분명한 것은 삶의
변화가 나타나고 있다는 점이다. 하나님을 확신한 후 나
자신이 얼마나 소중한 존재인지를 깨달았다. 하루에도
수없이 직면하는 만남과 상황 속에서 여전히 힘들지만
그럼에도 나 자신의 소중함과 존귀함은 변함없이 똑같
다는 것을 확신해 가고 있다. 이제 나의 소중함과 함께
나와 다른 사람도 얼마나 소중한 존재인지를 깨달아 가
고 있다. 무수히 많은 흔들림과 갈등 속에서 사람을 존
중하는 방법을 배워가는 중이다. 그 과정에서 고민하는
나의 모습, 그리고 사람을 존중해 나가고자 하는 노력을
부족하지만 2집 시집으로 묶게 되었다.

사람을 존중해야겠다는 생각은 2018년부터 특히 많이
하게 되었다. 결정적인 이유는 "네 이웃을 네 몸과 같이

사랑하라"는 하나님의 명령이다. 그러나 사랑을 실행하기가 너무나도 어려웠다. 그래서 궁여지책으로 먼저 존중부터 해야겠다는 생각을 하게 되었다. 사랑하는 것이 나에게는 아직 너무나 어렵기에 우선 존중부터 하고자 한다.

모든 사람은 다 소중하다. 귀 기울여 보면 모두가 "나여기 있어요", "나를 존중해 주세요" 하고 말하고 있다. 그런데 나는 자신의 짧은 경험과 잣대로 다른 사람을 마음대로 판단한다. 또한 사람의 능력이나 소유물, 경력 등으로 그 사람이 존중받을 사람인지 아닌지를 결정해 버리기도 한다. 그러나 소유의 많고 적음과 상관없이, 지위의 높고 낮음과 상관없이, 나이의 많고 적음과 상관없이, 국적과 상관없이, 피부 색깔과 상관없이 사람은 무조건 존중받을 대상이다. 사람은 하나님의 창조물이기 때문이다.

매일 고민하는 과정에서 나의 연약함은 끝이 없기만하다. 그렇기에 새로운 하루가 시작될 때마다 다시 나를 돌아본다. 언젠가는 '이웃을 내 몸같이' 사랑하는 삶이

분명 올 것이다. 그리 믿고 오늘을 맞이하고자 한다.

　끝으로 흔쾌히 발문을 써 주신 존경하는 시인 박이도 님께 진심으로 감사드린다. 또한 많은 조언과 자극을 주시는 시인 김용희 님, 그리고 사랑하는 아내와 딸, 가족 모두에게 감사와 사랑을 듬뿍 담아 전해 드린다.
　하나님! 새로운 시집을 출간하는 은혜를 주셔서 감사합니다.

2020년 3월
박기훈

차
례

● **part 1**
나를 찾아서 ─────────────

part 1

/

나를 찾아서

나는 나를 존중하는가

나를 존중하게 된 후에도
나는 끊임없이 의심했다

스멀스멀 올라오는 불안함
습격하듯 들이닥친 두려움
비교할 때 비교당할 때

나는 존중받을 만한가
여전히 나는 존엄한 인간인가

다시 또 나를 본다
있는 그 모습 그대로

나는 소중해! 나는 존엄해!
다시 또 말한다

깨달음

내가 누구인지 알게 된 후에야
내가 살아가는 세상이 보였다

내가 가는 길 알게 된 후에야
나와 함께하는 사람이 보였다

내가 존귀한 것 알게 된 후에야
너의 아파하는 모습이 보였다

네가 존귀한 것 알게 된 후에는
나만큼 너도 귀한 줄 깨달았다

갈등

사랑하는 사람을 생각하기보다
미워하는 사람을 더 생각하고

눈 감으면 사랑하는 사람은 사라지고
눈 감으면 미워하는 사람이 나타난다

몇 날 며칠 고민 끝 사랑은 흔적 없고
몇 날 며칠 고민 끝 미움만 남았다

사랑하는 마음보다 미워할 궁리에 바쁘고
존중하는 자세보다 차가운 시선이 앞선다

미움이 머릿속 한가득 휘젓고 다니지만
그래도 어딘가에 숨겨진 사랑을 찾는다

기쁨 선언

긴 숨 후 차분히 뜨는 눈
반복적으로 되풀이하는 긴장

무조건 기뻐야 한다
안 기쁘면 손해다

구름 한 점 없는 하늘에서 비를 보는가
지나 보니 그렇다

회피도 도피도 무력함도 아니다
슬픔과 고통과 두려움에 맞서

찬연한 빛을 나에게 오직 나에게
발하는 것이다

그 빛이 언젠가 너의 얼굴을
물들일 것이다

다시 또

참 힘겨운 삶
얼마나 무거운지

어깨 밑 처진 머리
세상을 닫아버린 눈

아닌 척하지만
반복되는 내 모습

뿌리치지 못했고
또 붙잡지 못했다

고마운 사람 없을지라도
따뜻한 세상 아닐지라도

나만은 나를 존중해야 한다
나만은 나를 다독여야 한다

천천히 고개를 들고
나에게 다시 또 말한다

나는 존귀해!

자립

줄인형이 웃었다
줄인형이 울었다

세상이 입을 잡아 올렸다
사람이 입을 잡아 내렸다

입이 올라가면 웃었고
입이 내려가면 울었다

나는 내 것인가
나는 남의 것인가

싫지만 매여 있어야지
그래야 안전하지 그렇게 생각했다

이제는 줄에 매달린 내가 아니라
웃고 싶을 때 웃고 울고 싶을 때 울 것이다

조금 낯설지만 조심스럽게

힘을 내어 나를 일으킨다

깊은 밤

깊은 밤 눈을 뜨자 푹 꺼진 몸에는 고독만이 남았다
충만하여 터질 듯한 지난밤의 벅참과 감동은 암흑 속에
감쪽같이 사라졌다
가슴 한가득 숨을 들이켜지만 소용이 없다

깊은 밤 우주 속의 나는 혼자이다
쭈글쭈글한 몸속으로 바람을 집어넣듯 주님의 이름을
한 번 두 번 계속 부른다
무언가 서서히 채워져 그제서야 내가 나로 느껴진다

새근새근 잠자는 아내의 숨소리가 들린다
손을 뻗어 아내의 체온을 느낀다
내가 더욱 내가 되는 순간이다

다시 눈을 감고 잠을 잔다

긍정

있는 그대로를 받아들이는 것은 용기가 필요하다
결코 비굴해서도 타협하며 안주하는 것도 아니다

있는 그대로를 받아들이는 것은 나를 사랑하는 것이다
사랑할 때 미지의 새 힘이 꿈틀꿈틀 솟아난다

사랑해야 힘이 난다 사랑해야 살아난다
살아 있어야 언제가 너를 사랑할 힘도 날 것이다

나는 누구인가

천 개의 입 앞에서
엉거주춤 걸어온 길

만 개의 눈앞에서
떠밀리며 걸어온 길

할퀴고 찢겨져
너덜너덜해도

아무렇지 않은 듯
어떻게든 걸어온 길

늘 그랬던 것처럼
그렇게 걸어가는 길

그 길 위에서
나에게 묻는다

눈빛

사람의 눈빛은 무엇을 말하는가

화려했던 순간, 황홀했던 찰나
분노했던 기억, 부끄러워 꽁꽁 숨긴 비밀

사람의 눈빛 속에는 지난 과거가 담겼는가!
지난 과거가 담긴 눈빛은 없다

눈빛은 애써 기억한 어제의 내가 아니라
지금의 내가 담겨 있다

어제의 나로 지금의 눈빛을 속이지 말라
지금의 내가 어제의 나라면 눈빛은 어제에 머문 지금의
나이다

지금 무엇을 생각하는가?
눈빛 속에는 오직 지금의 나만 담겨 있다

대화

머리를 때리는 둔탁한 말
멍해지는 이성 굳어지는 마음

불끈 솟구치는 무언가를 삼키고
물끄러미 바라보는 대답 없는 세상

흔들리는 마음 붙잡는 마음
꿈틀꿈틀거리는 잊었던 습관

답답함 너머 생각하는 나 아닌 너
너의 안간힘 너의 몸부림

힘을 내어 지나간 말을 지운다
기쁨을 주지는 못해도 빼앗길 순 없다

새 힘

하늘을 보니 파란 하늘
산등성이도 선명한 날인데

무거운 머리 들지 못하니
아름다운 날은 남의 것이었다

또 눈을 감는다
얼마나 지났을까

움츠린 어깨 펴는 온기
굳어진 몸 다독이는 손

깊은 곳 기쁨을 퍼 올려
온몸 구석구석을 깨끗이 씻고

감사로 화려한 천을 짜서
반짝반짝 빛나는 옷을 입으라

점점 커지는 북소리 들리니

눈을 뜨고 길게 숨을 들이쉰다

또

내게는 눈이 없어
네 마음 깊은 곳 볼 수 없습니다

내게는 큰 자가 없어
네 넓은 머릿속 잴 수 없습니다

내게는 저울이 없어
네 삶의 무거움 알 수 없습니다

내게는 자격이 없어
네 인생 어느 것 평할 수 없습니다

날이 저물어 갑니다
그리 생각하며 또 울었습니다

언젠가는

언젠가는 이루어질 거야

꿈꾸는 것만으로 좋아
이렇게 흥얼거려서 좋아

오랫동안 이루어지지 않았지
오늘도 잘 보이지는 않아

눈물이 나
눈물이 나는데 기뻐

열정이 남아 있어서 기뻐
잊지 않고 기억해서 기뻐

언젠가는 이루어질 거야

맷집

더블 펀치를 맞았다
내가 싫고 세상이 미웠다

끙끙 앓아누워야 하는데
안 쓰러졌다

축 처진 어깨가 머쓱해진다
맷집이 세졌나!

어렴풋이
새 힘이 솟아난다

미움

뭐든 자라나는 것은 아름다우나 미움만은 아니다
걷잡을 수 없이 빠르게 자라는 변화무쌍한 미움

수십 년 전 케케묵은 미움일지라도
기억 속에 떠오르는 순간 무섭게 꿈틀대며 살아난다

일그러진 얼굴, 숨 막히는 가슴은 미움이 자라나는 신호
미움은 무시함으로 분노로 보복으로 탈바꿈한다

미움은 자라 또 다른 미움을 낳는다
용서야 어디 있느냐! 존중아 어디 있느냐! 사랑아 어디
있느냐!

미움아 가라

눈을 감아도 머리를 흔들어 보아도
머릿속은 온통 한 생각뿐입니다

그것이 사랑이라면 얼마나 좋으련만
머릿속은 온통 미움이 가득합니다

사랑하는 사람이 옆에 있는데도
온 마음은 미움에 사로잡혔습니다

왜 미움은 노크도 없이 들이닥치고
왜 나는 여전히 무방비 상태인가요!

미움이 싫습니다
싫은데 자꾸 생각납니다

혹시라도 미움을 좋아하는 것일까요?
미움아 가라! 미움아 영영 가버려라!

반복

기쁨이 갔다
붙잡지 않았다

잊으라는 마음
찾으라는 마음

또 기다린다
매번 미안하다

미움이 왔다
마다하지 않았다

괜찮다는 마음
안 된다는 마음

애써 보냈다
내치지는 못했다

새로운 다짐

돌아보면 후회할 일로 가득 찬 하루
빠짐없이 후회할 일로 가득 찬 365일

너를 세우는 말보다 나를 세웠다
너를 존귀히 여기기보다 나를 높였다

나의 나됨을 부끄러워도 했던 순간
저물어가는 이 시간 되새겨보는 하루

화끈거리는 생각에 소망이 있는 것은
돌아보며 새로운 각오를 하기 때문이다

어제도 그랬고 오늘 또 그랬지만
애써 미소 지며 부족한 나를 다시 안아준다

안타까움

그렇구나 그랬구나
그런 말 한마디 말하기 그리도 힘든가

한참이 지나고 나서야만 후회하는 이유는 무엇인가
다시 그때가 오면 또 잊어버리고 말 텐데

알면서도 버릇처럼 기어코 내가 앞서버리고
미안하다 하면 될 것을 입을 꼭 다물어 버린다

왜인가요

힘들어도 참고
어이없어도 참았다

무서운 것도 참고
더러운 것도 참았다

화가 나도 참고
서러워도 참았다

왜인가요! 왜인가요!
그렇게 울었다

기나긴 시간이 지난 어느 날
그 이유를 알게 되었다

또 울었다

사랑하는 마음

사랑받은 사람은 얼굴이 환하다
사랑받은 사람은 자신감 넘친다

사랑받은 모든 것 생기가 넘친다
사랑해 주는 누군가 때문이다

내 아내는 얼굴이 환한가
내 자녀는 자신감 넘치는가

이웃의 어깨는 늠름한가
함께 사는 모든 것 활기찬가

사랑하는 마음 나에게 있는가
사랑받고 싶기에 사랑하는 마음 갖고 싶다

질문

이해하는 마음이 나보다 먼저이길 바라면서도
견고한 신념과 생각은 어느새 앞서 있었다

보기 좋게 빗나간 반응
서로 다른 숨막힘에 또 숨막히는 순간

생각대로 되어야 기쁘고
예상대로 되어야 즐거운

내 생각과 같아야만 옳은 것인가
내 기준에 맞춰져야 좋은 것인가

아니라고 하면서 그래야 옳았다
다른데 달라서는 꼭 안 되는가!

홀로서기

모두가 말하고
다 그리하니

따라 해야 당연했고
뒤처지면 이상했다

다르다 외치지만
서서히 닮아갔다

나답게 생각하고
우뚝 서는 것

눈을 감고
다시 기억한다

좋은 사람

세상에 좋은 사람이 없다면
저도 나쁜 사람인가요

왜 우리만 좋고 남들은
다 나쁜 사람인가요

남들에게도 우리가
나쁜 사람이겠지요

모두 좋은 사람이라 할 테니
저도 좋은 사람이라 해주세요

Reset

어제의 기억이 나를 짓누를 때
어제의 잘못이 나를 붙잡을 때

오늘의 미움이 나를 괴롭힐 때
오늘의 고통이 나를 뒤흔들 때

내일의 걱정이 나를 애태울 때
내일의 두려움이 나를 움켜쥘 때

그때마다 누르게 하소서

세 날

날은 밝았고 어제는 사라졌는데
나는 여전히 어제에 있었다

벌써 찾아온 내일에 기를 못 펴는
나의 오늘은 불안한 내일이었다

오늘의 태양은 어제의 달빛에 가렸고
자욱한 내일의 안개가 오늘을 덮었다

하루에 세 날을 사니 얼마나 힘든가
알면서 오늘 또 세 날을 짊어진다

뚜벅뚜벅

세상 돌아가는 이야기
진지하고 재빠르다

아랑곳하지 않던 말들
하나둘 쌓여간다

조목조목 솔깃할 때
늘어나는 생채기

멈춰버린 생각
무거운 발걸음

어둠 속 부산한 거리
힘을 내어 뚜벅뚜벅 걸어간다

그럴 거야

무조건 신 날 거야

때로는 엉엉 울기도 하겠지만

그거야 잠깐이지

분명 그럴 거야

지금 이 순간

지금 이 순간
기쁜 것과 슬픈 것은 무엇으로 알 수 있는가

내일 기억하는 지금 이 순간
좋은 것은 여전히 좋았고 나쁜 것은 여전히 나쁜가

마지막 때 기억하는 지금 이 순간
혹시라도 기억이 난다면 무엇이라 말할까?

지금 이 순간은 어떤 순간인가!

한 번 더

뒤돌아 물끄러미 무엇을 보는가
땀 흘리며 걸어온 길 흔적이나 남았나

아름다운 바다 몇 번이나 보았는가
신비로운 밤하늘 별 몇 개나 세었는가

따뜻한 말 몇 번이나 했던가
사랑한단 말 몇 번이나 했던가

뒤돌아보기 전
아름다운 바다 한 번 더

뒤돌아보기 전
밤하늘의 별 한 번 더

뒤돌아보기 전
따뜻한 말 한 번 더

뒤돌아보기 전
사랑한단 말 한 번 더

껍데기만 남기 전
한 번 더 한 번 더

사람과 일

사람을 존중하며 일도 잘하고 싶다
사람을 존중 못 하며 일만 잘하기 싫다
사람은 존중하나 일은 못하기 싫다

사람이 일보다 먼저다
일이 사람보다 앞서지 않는다
먼저 사람을 존중하고 싶다

눈 감으면 나타나고 눈을 뜨면 사라진다
눈물이 핑 돈다

part 2

존중합니다

큰 사람

당신은 바다보다 큰 사람이오
저 넓디넓은 바다를 마음에 품었으니 말이오

당신은 밤하늘보다 큰 사람이오
저 많고 많은 별들을 한눈에 담았으니 말이오

당신은 우주보다 큰 사람이오
우주 끝자락까지 탈탈 털어 머릿속에 쏙 넣으니 말이오

존엄한 사람

사람이 존엄한 것은 이유가 없다

무엇이 있어야 존엄한 것이 아니다
무엇을 했어야 존엄한 것이 아니다

사람이 소중한 것은 이유가 없다

너와 나 생각이 달라도 소중한 것이다
너와 나 색깔이 달라도 소중한 것이다

사람이 고귀한 것은 이유가 없다

누구나 그 모습 그대로 고귀한 것이다
누구나 나이기 때문에 고귀한 것이다

사람

내가 소중한 줄 알게 된 후
나는 나를 사랑하게 되었다

나란 이유 하나만으로
나는 기어코 존중받아야 한다

너 또한 이유 여하를 불문하고
너란 이유 하나만으로 소중한가!

너는 너로 존중되지 못하고
나의 짧은 잣대로 재어졌다

다시 나를 본다
내가 나란 이유만으로 존엄한가

그렇다면
너는 너란 이유만으로 무조건 존엄하다

멋진 이유

모두가 멋있다
나와 달라도 참 멋지다

그 이름 그대로
사람이니까!

당신

당신이 좋습니다
당신이 당신이기 때문입니다

당신을 세상의 잣대로 비교하였습니다
당신이 나로 인해 보이지 않았습니다

당신을 당신으로 알지 못했습니다
당신을 비교할 때 당신은 당신이 되지 못했습니다

당신이 어떠하든 누가 뭐라든 당신은 당신입니다
당신은 당신만으로 소중합니다

당신이 좋습니다
당신은 당신이기 때문입니다

존중합니다

사랑한단 말 몇 번이나 들으셨습니까?
한 번도 못 들었다고요!

그렇다면 누군지 모를 당신께 드립니다
존중합니다!

저도 사랑한단 말 참 힘듭니다
언젠가 사랑한다 꼭 말할게요

고마운 사람

수도꼭지를 틀면 물이 나옵니다
전기를 켜면 불이 들어옵니다

가스레인지 위에서는 국이 끓습니다
대문 앞 내어놓은 쓰레기도 치워졌습니다

지난밤 묵묵히 지켜준 사람이 있었습니다
오늘 아침 라디오에서는 힘내라고 말합니다

참으로 고마운 사람과 사람입니다
당신이 있기에 내가 있습니다

더

더 웃게 하고
더 기쁘게 하고

더 잡아주고
더 안아주고

더 고맙다 말하고
더 사랑한다 말하고

내가 갖고 싶은 것
너도 갖고 싶겠지

지금 더

몸부림

모두가 나를 봐 달라고 합니다
나 여기 있어 간절히 신호를 보냅니다

시들어 버리기 전에 어서 봐 달라고 합니다
나를 사랑해 달라고 합니다

작은 몸부림도 놓치지 말아 주세요
도무지 이해할 수 없어도 봐 주세요

나 여기 있어요
너 거기 있구나

너의 얼굴

너의 얼굴
저편에 있는 얼굴

새근새근
모든 것 맡긴 얼굴

조잘조잘
뭐든지 되는 얼굴

초롱초롱
묻고 또 묻던 얼굴

조심조심
두 손 모아 간절한 얼굴

그렁그렁
아프고 목메는 얼굴

너의 얼굴

나와 똑같구나

나와 당신

마음에 들어야 좋다
조건에 맞아야 좋다
지위가 높아야 좋다
가진 것 많아야 좋다
아는 것 많아야 좋다

나만 존귀하기 때문이다

마음에 안 들어도 좋다
조건에 안 맞아도 좋다
지위가 낮더라도 좋다
가진 것 없더라도 좋다
아는 것 적더라도 좋다

당신도 존귀하기 때문이다

진짜 당신

당신이 가진 재물
당신이 가진 지위
당신이 가진 외모

당신을 당신으로 장식한 것
진짜 당신인가요?

당신의 손이 붙잡은 것은 무엇인가요?
당신의 시선은 지금 어디로 향했나요?
당신은 무엇을 위해 힘을 내나요?

자세히 보아야 진짜 당신이 보입니다

당신과 나

내가 기쁜 것은
나로 인한 것인가요, 당신으로 인한 것인가요

내가 슬픈 것은
나로 인한 것인가요, 당신으로 인한 것인가요

내가 나인 것은
나로 인한 것인가요, 당신으로 인한 것인가요

나의 지금은
나로 인한 것인가요, 당신으로 인한 것인가요

혼자서는 내가 나일 수 없습니다
당신이 있기에 내가 있습니다

당신과 나는 함께 살아갑니다

part 3

/

나와 가족

가족

딸한테 혼났다
대꾸도 해보지만 속절없다

아내한테 혼났다
자기도 못하면서 어이없다

멀뚱멀뚱 눈을 껌벅이다가
살짝 짓는 미소

설거지

어지럽게 쌓인 설거짓거리
무표정한 얼굴로 씻어 간다

하나둘 붙잡아 요리조리 닦고
거품으로 하얗게 치장한 그릇들

폭포 같은 수돗물로 다시 씻고 나면
뽀드득 소리에 은근히 신이 난다

싱크대 통이 비워질수록
떨어지는 수돗물 소리 더욱 경쾌하다

번잡한 마음까지 씻기어 차분해진 시간
그릇과 함께 내 마음도 정갈해졌다

집중

정신 바짝 차려라
한마디도 놓치지 마라

무한대의 자를 준비하라
가장 밝은 불을 켜라

말 한마디의 뜻을 재라
작은 미동을 훤히 비춰라

따님이 말하신다

헛 참

아니라고 하지만 아니었다
그렇다고 하면서도 아니었다

아니라고 하면서도 서운했다
아니라고 하면서도 힘들었다

괜찮다고 하면서도 멍들었다
괜찮다고 하면서도 화가 났다

아니라고 하기도 그렇고
그렇다고 하기도 그렇고

행복한 저녁

어제와 똑같은 시간 똑같은 곳에서 맞이한 저녁
부엌에서 분주한 아내, 저녁을 준비하는 우리

찬물 속 삶은 달걀 하나둘 까여지고
보글보글 된장국 끓는 소리, 잔잔한 라디오 소리

잘 먹겠습니다! 사각사각 딸의 야채 씹는 소리
오물오물거리며 바쁘게 넘기는 스마트폰

아무것도 없는 하루, 아무 일도 없는 저녁
참 행복한 저녁!

한마디 말

후덥지근한 저녁, 밥을 먹다 튼 에어컨
선풍기도 곁들여 부엌으로 향하는 바람

땀 흘리는 아내에게 바람이 오느냐고 묻는다
아내 또한 나에게 바람이 오느냐고 묻는다

감전되듯 전신을 감싸는 말 한마디
에어컨 바람보다 시원한 한마디 말

좋음

얼굴 본다
웃는다

마주 본다
웃는다

또 본다
또 웃는다

왜 웃느냐고 묻지 마라
그냥 좋아서 웃는다

얼굴

문득 생각하면 나타나는 얼굴
단팥빵 먹으며 생각하는 얼굴

엉엉 울다가 보고 싶은 얼굴
뛸 듯 기쁠 때 안기고픈 얼굴

마음 졸일 때 힘이 되는 얼굴
급할 때 찾는 간절한 얼굴

보름달 보면 떠오르는 얼굴
눈 감으면 더 선명한 얼굴

계절이 바뀌면 보고 싶은 얼굴
언제나 미소 짓는 그리운 얼굴

아내와 산책

아내가 손을 잡는다
갑자기 늘 걷던 길이 여느 산책길과 달라졌다

지나가는 사람들이 더 선명하게 보인다
어색한지 새삼스러운지 한쪽 팔이 자꾸 신경이 쓰인다

큰 용기를 내어야 잡을 수 있었던 손
손잡고 오랫동안 걸어도 짧았던 길

23년 전 그때의 기억이 머리를 스친다
겸연쩍은 마음을 숨기고 아내를 본다

손을 잡고 함께 가야 진짜 함께 가는 것이지
미안하고 감사한 산책길

part 4

삶 속에서

빨래집게

물지 못하면 죽는다
꽉 물지 못하면 버려진다
그러니 있는 힘껏 문다

너를 문다고 아파하지 마라
내가 물어야 너도 산다
꽉 물어야 나 또한 산다

하품

네가 오면
말문이 막힌다

네가 가면
눈물이 난다

타임머신

긴 하품 후 눈을 감고 타는 타임머신
꾸벅꾸벅만 해도 몇십 분이 휙휙

두근두근 몸을 뒤척이면
어느새 펼쳐지는 생생한 시간 여행

어디로 갈까, 누구를 만날까
자유롭게 과거로 미래로

이야기꽃 피우며 웅얼웅얼
슬퍼서 울기도, 기뻐서 웃기도

쭉 기지개를 한껏 켜고
마지못해 눈을 뜨면 시간 여행 끝

그런데 어딜 갔다 왔지, 누굴 만났더라
헛 참, 오늘 저녁 다시 가야겠네

추격

행복을 잡기 위해 무조건 뛰었다
행복해진다니 정신없이 달렸다

멈추면 저만치 멀어지는 행복을 꼭 잡아야 한다
누가 뭐라던 귀를 막고 오로지 쫓아간다

행복이 가까워진 것도 같은데 왜 이리 밋밋하지
행복이 손끝에 닿을 듯한데 왜 이리 헛헛하지

일

일은 사람을 웃게도 하고 울게도 합니다
일은 사람을 선택하고 사람을 판단합니다

사람이 만든 일은 이제 사람에게 일을 줍니다
일이 싫어 도망가면 일이 곧 쫓아옵니다

사람이 일을 만들었는데 이제는 일이 사람을 가르칩니다
일은 사람에게 고난을 주고 사람은 겸손마저 배웁니다

사람이 일을 만들었는지 일이 사람을 만들었는지
이제는 헷갈립니다

인간의 마음

믿을 게 못돼

그래도 어쩌겠어
믿어야지

알 수가 없어

나도 모르겠어
참 신기해!

이유

좋은 건 이유가 없다
싫은 건 이유가 있다

나인 건 이유가 없다
너인 건 이유가 있다

우연은 이유가 없다
기적은 이유가 있다

사랑은 이유가 없다
미움은 이유가 있다

시작과 끝

시작이 끝에게 물었다
당신이 먼저인가요 내가 먼저인가요

끝이 시작에게 대답했다
당신이 앞이고 내가 나중이에요

시작이 다시 물었다
그런데 사람들은 왜 끝을 시작이라 하나요

끝이 다시 답했다
그것은 사람들이 영원을 갈구하기 때문이지요

생각

생각은 제작소
못 만드는 것 없는 만능 공방

생각은 만남
시공간을 초월한 만남, 불현듯 찾아오는 만남

생각은 저장고
텅 빈 듯 꽉 찬 신기한 창고

생각은 우주
알다가도 모를 의문투성이

생각은 사냥꾼
끊임없이 쓰러트릴 먹이를 찾는 곳

생각은 형틀
모조리 잡아다 주리를 트는 곳

생각은 반성
무릎 꿇고 회개하는 곳

생각은 나
내가 만들어지는 곳

비움

마음을 비우는 것은
가만히 들려오는 소리를 듣는 것이다

나의 소리가 아니라 들려오는 소리
내가 사라질 때 들려오는 소리

마음을 비우는 것은
잠잠히 다가오는 상황을 직면하는 것이다

나의 의지로 알 수 없는 미지의 상황
바람 타듯 몸을 던지면 기적같이 흘러가는 상황

마음이 차분하고 평안해졌는가!
마음이 평안할 때 비로소 비운 것이다

다짐

꽉 잡았다
미끄러지듯 빠져나갔다

훅 불었다
뻥 터져 사라졌다

나를 보며 웃는다

기억한다
허둥지둥 도망친다

바라본다
꼬랑지가 보인다

너를 보며 웃는다

감사와 기쁨

겨를이 없었다
여력이 없었다

화나서 못 했다
분해서 못 했다

당연해서 못 했다
비교해서 못 했다

이래서 안 했다
저래서 못 했다

지금도 안 했다
요번만큼은 핑계 같다

기쁨

지금 기쁘지 않다
기쁨이 없기 때문이다

기쁨을 기다린다
기뻐야 기쁘기 때문이다

기쁨이 밉기도 하다
한순간만 기쁘기 때문이다

초조하다
기쁨은 어디쯤 왔을까

무더위를 이긴 웃음

뜨거운 한낮
무덤덤한 도심

햇볕에 찡그려진 눈
무겁게 걷는 발걸음들

비상등 깜박이며 세워진 트럭
큰 짐 내리면서 환하게 웃는 얼굴

주위로 퍼지는 밝은 기운
시원하게 다가오는 청량한 웃음

더위를 이긴 환한 웃음
메마른 도시를 식히는 소나기

등에서 땀이 흘러내렸지만
한참 동안 덥지 않았다

곁에서

누군가 곁에서
내 손을 잡아주면

답답한 맘 남았어도
따스함이 느껴진다

혼자 걷는 길이지만
함께하는 그 마음에

새로운 힘이 나니
나 또한 곁에 서리

그 속

그 속에서 찾게 된다
그 속에서 느껴진다

그 속에서 듣게 된다
그 속에서 보게 된다

그 속에서 알게 된다
그 속에서 돌아본다

그 속에서 이어진다
그 속에서 깨닫는다

보이지 않는 진실

세상은 변덕스럽게 보지만
그것은 보이는 현실이에요

보이는 현실 뒤 보이지 않는 진실

보이는 것은 어리석다 말하지만
보이지 않는 진실은 지혜롭다 말해요

보이지 않는 진실과 친구라면
누구라도 지혜로워질 거예요

해봐

한껏 공기를 마셔봐
발바닥으로 흙을 느껴봐

산과 바다를 무한정 바라봐
밤하늘을 새벽까지 쳐다봐

마음껏 달려
헉헉거리며 웃어봐

고함도 쳐
귀가 먹먹해졌어!

슬플 땐 엉엉 울어
기쁠 땐 깡충깡충 뛰어

아무것 없어도

아무것 못 했어도

지금 뭐든지 해봐!

넘쳐도 좋은 것

넘쳐도 넘쳐도 좋은 것은 감사이다
넘쳐도 넘쳐도 좋은 것은 겸손이다

넘쳐도 넘쳐도 좋은 것은 웃음이다
넘쳐도 넘쳐도 좋은 것은 기쁨이다

넘쳐도 넘쳐도 좋은 것은 나눔이다
넘쳐도 넘쳐도 좋은 것은 배려이다

넘쳐도 넘쳐도 좋은 것은 존중이다
넘쳐도 넘쳐도 좋은 것은 사랑이다

넘쳐도 넘쳐도 좋은 것은 또 뭐가 있지!

안경

당신이 당당하게 걸을 때면
나도 덩달아 의기양양했어요

당신이 힘없이 고개 숙일 때
나는 말없이 흐느꼈어요

때로는 나도 토라지는데 아시나요
거울을 볼 때 나를 보시나요!

내가 있을 때는 까맣게 잊고 있다가
왜 내가 없을 때만 찾으러 다니나요

나는 당신의 진짜 눈이고 싶어요
이런 나의 마음 받아주세요

황혼의 벼

노오랗게 물든 벼 잎은 아직도 푸르른 기상이 곧은데
그 아래 머리 숙인 벼 이삭이 겸손하다

이글거리던 태양, 쩍쩍 갈라진 논바닥
비바람에 휩쓸려 숨 가쁘던 지난여름

가냘픈 몸 세워주던 우직한 손길
무심한 햇볕, 매몰찬 폭우, 땀에 젖은 손

추수를 기다리며 정중히 고개 숙인 벼 이삭
숙연해지는 가을 들녘

친구 바람

바람 너 거기 있니!
무더운 여름밤 시원한 속삭임이 듣고 싶어

바람 너 거기 있니!
나 지금 지쳤는데 등 좀 힘껏 밀어줄래!

바람 너 거기 있니!
너와 함께 날고 싶어 내 손 꼭 잡아주렴

초가을 바람

훅 불어온 바람
멈칫하는 걸음

휙 사라진 열기
되살아난 기억

다시 걷는 걸음
매달리는 더위

찾아온 선발대
미소 짓는 오후

심술쟁이 바람

바람은 심술쟁이

오라 하면 안 오고 오지 마라 하면 오고
가라 하면 안 가고 가지 마라 하면 꼭 가고

무어라도 떨어뜨리면 갑자기 휙
떨어진 것 주우려면 또 휙휙

더울 땐 안 불고 추울 땐 세게 불고
어디에 숨었다가 얄밉게만 나타나니

참 고마운 바람이라 하던데
왜 나한테만 심술을 부리니!

이슬비

깊은 밤 찾아온 이슬비
과묵한지 속이 깊은지 말이 없다

문을 열어도 있는 듯 없는 듯
고개 내밀어 두리번거려도 어디에 있는지

살금살금 지붕 위를 걸어가고 있을까
아슬아슬 창밖에 매달려 있을까

저기 있구나!
처마 끝에서 똑똑똑 떨어지고 있네

아이들

폭풍이 몰려 왔다
정신없이 휘젓고 지나갔다

웃음이 몰려 왔다
이유 없이 폭소가 쏟아졌다

왜요가 몰려 왔다
대답해도 대답해도 끝이 없다

환함이 몰려 왔다
구김살이 없으니 밝고 밝다

아이들이 몰고 온 것이다

어린이

투명한 얼굴
하아얀 마음

깨끗한 눈길
환-한 웃음

신비한 기운
영롱한 광채

새순

갓 태어난 여린 새순은 어린아이
살그미 고개 내밀고 두리번두리번

호기심 많은 얼굴 보들보들한 살결
작디작은 새순인데 참 옹골차다

산들산들 기분 좋게 부는 바람
황홀한 꽃향기 진동하는 세상

천진난만하게 쑥쑥 자라니
새순은 꼭 빼닮은 어린아이

봄이다

생기가 배였다
생기가 돋는다
생기가 자란다

봄이다

꽃이 피었다
꽃이 퍼진다
꽃이 날린다

봄이다

푸르름이 섰다
푸르름이 달린다
푸르름이 퍼진다

봄이다

너답게 핀 꽃

비가 갠 흐린 오후
불을 켠 듯 환한 동산

향긋함 진동하는 잔칫집
길가에 가득한 화사한 내음

어쩌면 저리도 아름다운 꽃이
시꺼먼 가지에서 나왔는가!

나무라 하기엔 너무나 미안한
한 송이 꽃 한 다발의 꽃

너는 너답게 한 송이 꽃을 피웠고
너의 너다움에 또 마음을 빼앗겼다

넋 놓고 바라보며 걷는 길
꽃도 나를 보고 있었다

봄기운

온몸으로 스며드는 뭉클뭉클한 꽃내음
땅과 꽃들이 펼치는 화려한 봄의 축제

파란 하늘에 빽빽이 피어난 꽃들 또 꽃들
꽃들이 만들어낸 까마득한 은하수 길

무언가에 이끌리듯 또 나서는 발걸음
꿈인지 생시인지 분간 못 할 아득한 봄 길

딱딱하게 굳은 가슴 속 파고든 봄기운
쑤욱 올라오는 먼 기억 속 꽃 한 송이

별

낮에 자고
밤에 일어나는 별

초저녁 일어나는 별
느지막이 기지개 켜는 별

겨울밤 더 초롱초롱한 것은
추워서 정신이 바짝 든거지

태양이 떠오르면
끔뻑끔뻑하다 잠이 들지요

도끼

당신은 비겁해요
왜 당신 혼자 나서지 못하나요

나는 당신이 아닌 당신을 휘두르는 자와
정정당당히 맞설래요

당신은 전혀 무섭지 않아요
오직 당신을 잡은 자가 두려워요

그러니 네가 이기나 내가 이기나 보자 하는
유치한 말은 집어치워 주세요

늦가을 피는 꽃

은행나무 길바닥에
눈부시게 피어난 노오란 꽃

단풍나무 길 위로
겹겹이 피어난 빠알간 꽃

산길 늘어선 나무와 나무
수북하게 피어난 환한 꽃

너와 함께 걸어가는 길

고맙기도 하고 미안하기도 하고
아낌없이 다 주는 사랑에 눈물이 난다

깃발

깃발이 바람을 기다립니다
바람이 오면 깃발이 일어납니다

깃발은 바람이 어디서 오는지 압니다
바람이 어디에 사는지도 알겠지요

깃발은 바람과 함께 늠름해집니다
깃발은 바람이 참 좋은가 봅니다

감꽃

우웅 우우웅 웅
이른 아침부터 신이 난 벌들

자세히 보니
하얀 감꽃이 많이도 폈다

핀 듯 안 핀 듯
향기 있는 듯 없는 듯

작은 꽃 하나 찾아
어디선가 날아온 벌들

가만히 감꽃을
올려다보았다

그리운 가을

탱글탱글 열매들을 불려놓고
차곡차곡 알곡들을 여물리고
토실토실 너도나도 살찌우고

한바탕 큰 잔치를 벌려놓고
우리 마음 황홀하게 뺏어놓고

이른 아침 홀연히 떠난 가을

가을 횃불

빨간 숯덩이보다 더 새빨갛게
노란 보름달보다 더 선명하게

연기도 없이 소리도 없이
활활 타는 가을 불나무

뚝뚝 떨어지는 시뻘건 불덩어리
사방으로 흩뿌리는 샛노란 불꽃

횃불가 옹기종기 앉은 빠알간 얼굴
멀리서도 전해지는 훈훈한 온기

●

생명 존재의 고귀함을 성찰하다

박이도(朴利道)

박기훈 시인의 시작 모티브는 자신의 존재를 확인하고 그 의의를 등식화해내는 데 있다. 나는 누구이며 남은 누구인가, 나와 남은 어떤 관계인가, 이런 등식은 철학적 물음이 된다. 인간에 대한 존재론적 접근법이기 때문이다. 이는 인간이 재물, 명예, 장수(長壽) 같은 세속적인 욕구와 본능의 존재가 아니라 하나님의 계시대로 인간 영혼에 깃든 하나님의 비의(秘儀)를 확인하는 탐구의 존재임을 말한다.

박 시인의 첫 시집에서는 주로 자신의 생명 존재가 갖는 절대적인 품위에 대한 자존(自尊)감의 의미를 탐구했다면 이번 시집에선 내가 아닌 남의 존재에 대한 존엄을 의식하는 시적 동기를 보게 된다. 자기중심적인 사유에서 타자와의 등가성에 관점을 넓혀나간 것이다.

내가 소중한 줄 알게 된 후
나는 나를 사랑하게 되었다

나란 이유 하나만으로
나는 기어코 존중받아야 한다

너 또한 이유 여하를 불문하고
너란 이유 하나만으로 소중한가

너는 너로 존중되지 못하고
나의 짧은 잣대로 재어졌다

다시 나를 본다
내가 나란 이유만으로 존엄한가

그렇다면
너는 너란 이유만으로 무조건 존엄하다

– '사람' 전문 –

사람이 고귀한 것은 이유가 없다

누구나 그 모습 그대로 고귀한 것이다
누구나 나이기 때문에 고귀한 것이다

- '존엄한 사람'의 끝 부분 -

이번 시집의 중심 테제는 인간의 존엄에 관한 탐구이다. 내가 소중하고 남도 역시 소중함을 깨닫는 데는 스스로의 비움에서 가능했다. 마음을 비운다는 것은 "가만히 들려오는 소리를 엿듣기 위함이요, 나의 소리가 아니라 들려오는 소리, 내가 사라질 때 들려오는 소리"('비움'에서)에서 비로소 스스로 마음속에 남의 소중함도 동거한다는 것을 깨달아 알게 되었다는 것이다. 이어서 스스로가 소중함을 알게 된 후 나의 소중함 못지않게 남의 소중함을 깨닫는 것, 이는 스스로의 비움에서부터 비롯한 자기 존재론적 탐구인 셈이다.

'사람'에서 이어지는 각성의 울림은 '존엄한 사람'에서 생명의 순수함과 고귀함을 "누구나 나이기 때문에 고귀한 것"이라고 선언한다. 박기훈 시인의 일련의 인간 생명 존중 사상이 담긴 시편들은 철학이나 종교적 · 경험적 관념론에 머물기 쉽다. 그럼에도 박 시인은 이 문제에 집요하게 다가가고 있다.

한편 박 시인의 단시(短詩)로 구성된 촌철살인적인 재치가 시선(視線)을 끈다.

당신은 비겁해요
왜 당신 혼자 나서지 못하나요

나는 당신이 아닌 당신을 휘두르는 자와
정정당당히 맞설래요

당신은 전혀 무섭지 않아요
오직 당신을 잡은 자가 두려워요

– '도끼'의 부분 –

깃발이 바람을 기다립니다
바람이 오면 깃발이 일어납니다

깃발은 바람이 어디서 오는지 압니다

바람이 어디에 사는지도 알겠지요

깃발은 바람과 함께 늠름해집니다
깃발은 바람이 참 좋은가 봅니다

– '깃발' 전문 –

'도끼'는 생활 도구로서의 도끼에 관한 명상이다.

도끼는 고대로부터 인간 사회에서 사용해 온 도구이다. 쇠뭉치에 불과한 것인데 도낏자루에 끼워졌을 때만 자기 기능을 할 수 있다. 생명체가 아니므로 스스로 생각하고 행동할 수 없다. 단 사용자인 인간이 활용할 때만 일정 부분 인간의 작업에서 소기의 목적에 기여하게 된다. 도끼가 오브제가 된 것은 우연이 아니다. 화자가 도끼 본래의 성질과 용도에 대한 인식을 넘어 도끼를 의인화해 대화를 나누기 위한 것이다.

"당신은 비겁해요."라고 말하는 것은 왜 제 모습을(정체) 내세우고 제 의지대로 처신하지 못하고 뒤에 숨었는가를 의심하고 질책하는 것이다. 당신을 조종하는 "오직 당신을 잡은 자가 두려워요"라고 한다. 화자가 한 사물을 관찰하며 의심하고 경계하는 것은 뒤에 숨은 '당신을 잡은 자'의 정체에 대한 명상인 것이다. 마치 인형극을 보면서 무대 뒤에서 조작하는 자의 정체를 상상하는 일과 같은 것이다. 인형의 말과 행동은 무엇을 상징하는지를 화자는 명상한다.

'깃발'은 정언적(定言的) 어법으로 쓴 자연의 흐름에 대한 관찰기이다. "깃발이 바람을 기다린다"는 시적 발상의 전환을 꾀해 생물의 깃발을 제시한다. 나아가 바람과의 상부상조하는 생명성을 자연의 순리에 따른 노래이다. "깃발은 바람이 참 좋은가 봅니다"라고.

또 한편 생명 탄생의 비의를 순진무구(純眞無垢)한 동심으로 비유하고 형상화한 작풍을 볼 수 있다.

갓 태어난 여린 새순은 어린아이
살그미 고개 내밀고 두리번두리번

호기심 많은 얼굴 보들보들한 살결
작디작은 새순인데 참 옹골차다

산들산들 기분 좋게 부는 바람
황홀한 꽃향기 진동하는 세상

천진난만하게 쑥쑥 자라니
새순은 꼭 빼닮은 어린아이

- '새순' 전문 -

투명한 얼굴
하아얀 마음

깨끗한 눈길
환-한 웃음

신비한 기운
영롱한 광채

- '어린이' 전문 -

품격을 갖춘 동시이다. '새순'에서 새순을 태어나는 신생
아로 비유했다. 서정시에서 동요이거나 동시이거나 성
인을 위한 시라고 장르적으로 특정하는 것은 독자의 감

상 수준에 따라 편의상의 구별일 뿐이다. 동심으로 돌아가 바라본 어린이들에 대한 순수한 시인의 어법이 간명하고 소박하게 표상되어 따뜻한 정감을 자아낸다. 잠언시가 된 것이다.

'어린이'는 간단명료한 명사구(名詞句)로 된 어린이상(像)이다. 투명한, 깨끗한, 신비한 등의 관형사로 형상지은 명품 동시가 되었다.

얼굴 본다
웃는다

마주 본다
웃는다

또 본다
또 웃는다

왜 웃느냐고 묻지 마라
그냥 좋아서 웃는다

- '좋음' 전문 -

근래 SNS 등 각종 소프트웨어를 통한 미디어 혁명으로
인한 언어 예술의 장르적 변화도 다양하게 진화하며 변
화하고 있다. 시의 경우도 오랜 전통적 순수 문학의 감
동 창출이라는 엄숙주의적인 명제에서 재치와 함축으로
중간적 취향의 작품으로 소통하는 경향이 확산하고 있
다. 달리 말해 전문적 소양을 갖춘 작가의 작품과 다소
거리가 있는 누구나 즉흥적으로 자기의 문학적 역량을
작품화하여 다수와 공유할 수 있는 특성이 있다. '좋음'
은 그런 작품 경향의 한 예가 됨직하다.

이 같은 경향은 기성 문단에서도 관심을 갖고 시도되고
있다. 다양한 매체를 통해 확산되고 있음을 볼 수 있다.

태어난 것이 나요
죽는 것이 나인데
사는 것은 정령 나인가

– '죽음 앞에서'의 전문, 작자 미상 –

이 같은 유(類)의 짧은 시편은 독자들에게 또 다른 공감
과 호응을 받고 있다.

자기만의 시적 발상법을 일궈가는 박기훈 시인의 시집
《당신을 존중합니다》의 상재를 축하합니다.

당신을 존중합니다

초판 1쇄 인쇄 2020년 03월 03일
초판 1쇄 발행 2020년 03월 10일
지은이 박기훈

펴낸이 김양수
책임편집 이정은
편집·디자인 김하늘

펴낸곳 도서출판 맑은샘
출판등록 제2012-000035
주소 경기도 고양시 일산서구 중앙로 1456(주엽동) 서현프라자 604호
전화 031) 906-5006
팩스 031) 906-5079
홈페이지 www.booksam.kr
블로그 http://blog.naver.com/okbook1234
이메일 okbook1234@naver.com

ISBN 979-11-5778-429-5 (03800)

* 이 도서의 국립중앙도서관 출판예정도서목록(CIP)은 서지정보유통지원시스템 홈페이지(http://seoji.nl.go.kr)와 국가자료종합목록 구축시스템(http://kolis-net.nl.go.kr)에서 이용하실 수 있습니다.
  (CIP제어번호 : CIP2020009511)
* 이 책은 저작권법에 의해 보호를 받는 저작물이므로 무단전재와 무단복제를 금지하며, 이 책 내용의 전부 또는 일부를 이용하려면 반드시 저작권자와 도서출판 맑은샘의 서면동의를 받아야 합니다.

* 파손된 책은 구입처에서 교환해 드립니다.   * 책값은 뒤표지에 있습니다.